El maullido de la gata

El maullido de la gata

POR **GARY SOTO**
Ilustrado por Joe Cepeda

Traducido por Clarita Kohen

A
LITTLE APPLE
PAPERBACK

SCHOLASTIC INC.

New York   Toronto   London   Auckland   Sydney

ISBN 0-590-50208-5

12 11 10 9 8 7 6 5 4   0/0

Printed in the U.S.A.   40

First Scholastic printing, November 1995

Original title: The Cat's Meow

Para Pip,
que una vez dijo
"Mommy"

El maullido de la gata

CAPÍTULO

1

—¿Qué dijiste, Pip?

Un sábado por la mañana, nuestra gata Pip entró a la casa, miró su plato vacío y dijo:

—I want more*, Graciela —mientras empujaba el tazón con la pata por el piso de la cocina.

Por casualidad me hallaba en la cocina revisando el menú de la escuela que colgaba

---

* Quiero más.

en la puerta del refrigerador. Asombrada, bajé la vista para mirar a Pip:

—*What did you say, Pip?* —pregunté—. ¿Qué dijiste?

—Miau —dijo Pip y tocó el tazón con la patita—. Miau, miau.

Yo escuché que ella dijo algo, pero no en español. Yo hablo español e inglés y ella habló en inglés. Me arrodillé, tomé su carita peluda entre mis manos y le supliqué que hablara, que dijera *"Hello*," "Goodbye**," "Time for lunch***,"* —¡cualquier cosa! Pero Pip se escabulló de mis manos y se alejó corriendo hacia la puerta. La dejé salir y la vi cruzar la calle.

Regresé a la casa para revisar el menú y decidir qué elegir de almuerzo para la semana siguiente. (Mi mamá me deja comprar el almuerzo dos veces por semana, y algunas

* Hola.
** Adiós.
*** Vamos a comer.

3

veces hasta tres, si es que tienen algo *verda-deramente* especial). Marqué con un círculo emparedados de atún y emparedados de sal-chicha, lo cual sonaba muy bien aunque nunca había oído algo así. Luego fui a mi recámara para leer un poco, mientras es-peraba que mi mamá y mi papá regresaran de la tienda. (Ahora que estoy en tercer grado, algunas veces me dejan quedarme sola). Pero no podía concentrarme. Me pre-guntaba si de verdad la gata había hablado o si yo me lo había imaginado.

Oí nuestro auto que llegaba. Salté de la cama y corrí hacia la puerta. Papá estaba junto al baúl, mientras mamá apilaba pa-quetes en sus brazos. Salí para ayudarles.

—Hola, mami, ¿puedo ayudarte?

Mamá, quien no oye muy bien que di-gamos, se dirigió a papá y le preguntó:

—¿Qué ayudante? ¿Empleamos un ayu-dante?

Papá, que es aún más sordo que mamá dijo:

—Sí, una vez cuando yo era muchacho ayudé a una viejecita a cruzar la calle.

Ambos son un poco raros. Quizás sea porque son papás.

Mientras ellos guardaban los comestibles, me senté a la mesa de la cocina pensando cómo decirles que Pip había hablado. Pensaba y pensaba. Pero no se me ocurría cómo. Decidí que, por el momento, no les diría nada.

Salí afuera. Pip estaba en el portal, hecha un ovillo bajo un rayito de sol. Salté sobre la barandilla y acaricié su piel con mis dedos. Le jalé algunos pelos sueltos y los solté. El viento los alzó en el aire y los hizo revolotear por arriba de mí y hasta más alto del alcance de una persona mayor.

—Oh, boy!* —dijo Pip, levantando la cabeza.

Salté de la barandilla.

---

* ¡Ay, ay, ay!

—Estás hablando otra vez —dije.

Pip guiñó los ojos, olfateó el aire y volvió a esconder la cabeza entre sus patas.

—¡Pip! ¿Qué dijiste? —Le toqué ligeramente la cabeza y ella la alzó y me miró. Se levantó, arqueó el lomo y bostezó lo suficiente como para que le pudiera ver el principio de la garganta. Se estiró y dijo "miau".

—Pip, deja de hacerte la tonta. Yo estaba muy enojada, y de repente asustada, porque estaba segura de que ella había hablado. Pero, ¿quién me iba a creer? Yo tenía solamente ocho años y medio y era muy pequeña para mi edad. La gente diría, "Seguro, niña", y elevarían los ojos al cielo.

Alcé a Pip en mis brazos y le dije:

—Vamos, mi gatita linda, ¿qué fue lo que dijiste?

Pip saltó de mis brazos y antes de que me diera cuenta, saltó de la barandilla al césped. Al tiempo que yo bajaba las escaleras, ella ya había cruzado la calle.

Me miró y me dijo:

—*Goodbye**— mientras se escondía entre los arbustos del jardín de un vecino. Regresé a la casa. Mis padres leían el periódico en la sala. Me subí al sofá y me senté entre ellos. Sin saber qué decir, empecé a jugar con los dedos. Estaba loca por decirles que Pip había dicho *"Goodbye"*, pero a ellos no les gustaba que los interrumpieran cuando leían.

De repente, como quien no quiere la cosa, mamá comenzó a contar de cuando era niña y solía ir a nadar en El Salto. Papá sacudió la cabeza y me dijo que cuando era niña, tenían una piscina en el patio de la casa.

—¿Una niña? —pregunté asombrada.

—No, yo soy papá y ésta es mamá —dijo él.

"Mis papás están locos", pensé. Me levanté y salí a ver si Pip andaba cerca.

No pude encontrar a Pip pero me en-

* Adiós

7

contré con una amiga que pasaba patinando. Era Juanita, estaba en el cuarto grado en la escuela. Decidí contarle acerca de Pip.

—Hola, Juanita —le grité—. ¿A qué no sabes?

Giró sobre sus patines y paró:

—¿Qué cosa?

—¿Conoces algún gato que sepa hablar? —le pregunté. Inmediatamente me sentí como una tonta. Por supuesto que nunca conoció uno. Yo nunca había oído de ninguno, así que ¿por qué iba a ser ella diferente?

—¿Un gato . . . hablar? ¿Estás . . . crazy*? —me preguntó haciendo una mueca.

—No. Pip puede hablar, de verdad.

—Hazte revisar la cabeza —dijo, giró sobre sus patines y se alejó. Ni siquiera miró hacia atrás cuando le grité que de verdad, le juraba que había oído hablar a un gato y que se lo iba a demostrar.

* loca.

8

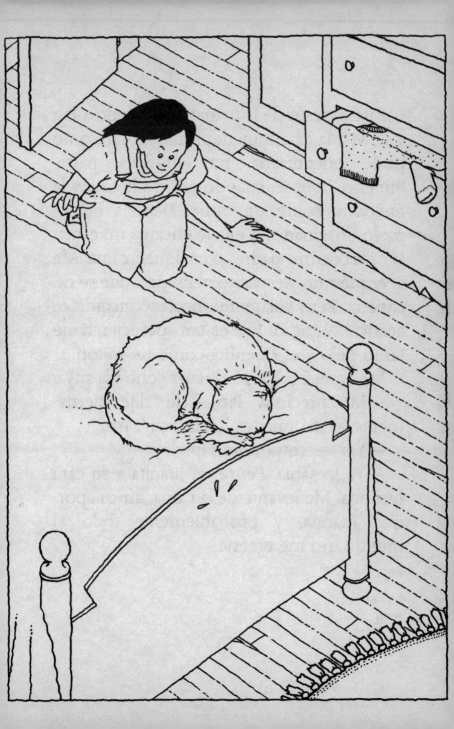

*　　*　　*

Pasé el resto de la mañana buscando a Pip y volví a la casa muy deprimida, cuando no pude encontrarla por ninguna parte. "Bueno," pensé, cuando entré a la casa y la encontré sobre mi cama. Debería habérmelo imaginado. A ella le encanta mi cama, la cama de mis padres o cualquier cama. Me acerqué muy despacito pensando que se escaparía. Pero solamente bostezó cuando le acaricié el lomo. Ella es tan suavecita, tiene tanto pelo y es calentita como un mitón.

Me agaché y apoyé la nariz contra la suya.

—Mi preciosa Pip— le dije tiernamente—. Tú puedes hablar, *can't you?**

—Yes**** —respondió Pip.

—Ya lo sabía. Pensé en Juanita y su cara burlona. Me levanté de la cama, furiosa porque Juanita, y probablemente todo el mundo, no me creería.

* ¿Verdad?
** Sí.

En ese momento mami me llamaba desde el portal:

—Es hora de almorzar, Graciela. Ve a lavarte las manos.

En la mesa de la cocina me moría de ganas de contarle a mamá y papá que Pip podía hablar en inglés, pero ambos estaban ocupados leyendo el periódico.

—Mami —le dije mientras tragaba un bocado del emparedado de atún—. Mami, ¿tú crees que los gatos son inteligentes?

—Ajaaaah —dijo sin alzar la vista del periódico.

—¿Crees que se les puede enseñar?

—Ajaaaah.

—¿Sabes que Pip puede hablar en inglés?

—Ajaaaah. —Volteó la página. Alzó la vista y señaló la leche—. Si quieres crecer, tienes que tomarte la leche.

Estaba furiosa con mamá. No había oído ni una palabra de lo que dije:

—Bueno, ¿y cuánto más voy a crecer si me tomo toda la botella?

Mamá pensó por un momento.

—Esa es realmente una buena pregunta. Tienes una mente muy curiosa.

Me tomé la leche, me comí el empare- dado y lamí los pedacitos de papas fritas que se me pegaron a los dedos. Esa fue la mejor parte del almuerzo. Regresé a mi cuarto y cerré la puerta. Pip todavía se encontraba sobre mi cama.

—Pip, mis padres nunca me escuchan.

Pip abrió sus ojitos dormilones y dijo:

—*What a shame* —y los volvió a cerrar muy despacito.

—Ya lo creo —le respondí. A lo cual ella agregó:

—*What a shame. Your parents get weird when they read the newspaper.**

Sí, mami y papi son raros.

* Qué lástima. Tus papas se ponen muy raros cuando leen el periódico.

CAPÍTULO
2

Después del almuerzo fui a casa de Juanita y la llamé:

—¡Juanita! ¡Juanita! ¡Soy yo!

Juanita salió al portal. Se cubrió las cejas con las manos haciendo como que no veía hasta que finalmente dijo:

—Hola, Graciela. —Bajó las escaleras del portal—. ¿En qué anda ahora tu gata? ¿Ya va a la universidad?

—No, pero la tengo en esta bolsa. ¿Quieres verla?

—Claro, ¿por qué no? —Juanita se acercó lentamente, aunque yo sabía que estaba ansiosa por verla.

Abrí la bolsa de papel. Pip le hizo un guiño a Juanita. Juanita le hizo una mueca a Pip.

—Bueno, ¿qué pasa?

—Miau —dijo Pip.

—A ver, mueva esos labios —respondió Juanita.

—Miau —respondió Pip—. Miau, miau.

Saltó de la bolsa, se estiró hasta que se le erizó la piel y rozó la cabeza contra mi pierna.

—Ándale, Pip —le rogué—. ¡*Please*, di algo, cualquier cosa!

—Miau.

—Te daré una lata de atún.

—Miau.

—Oye, Pip, déjate de bromas.

—Miau, miau, miau —dijo, y se alejó sin siquiera mirarnos.

Juanita sacudió la cabeza.

—Graciela, estás tan loca como tu mamá y tu papá.

—De verdad, Pip dice un montón de cosas.

Juanita se volteó y subió las escaleras del portal. Se dio vuelta cuando llegó al último escalón.

—Graciela, estás loca de remate.

Aquella noche, comimos huachinango para la cena. Mis padres pusieron a un lado los periódicos y las revistas y conversaron conmigo. Se me hacía raro que me hablaran.

—¿Qué te gustaría para tu cumpleaños, un pastel o dulces? —preguntó mami.

Faltaba un mes para mi cumpleaños. Iba a cumplir nueve años. Por supuesto eso quería decir que podría invitar nueve amigos y amigas, ni uno más, ni uno menos.

—Dulces —le respondí—. Y los quiero de diferentes colores, como rojo, azul y todos los demás.

—Cuando yo era niña, me gustaba más un pastel —dijo mami.

—A mí también —dijo papi—. Cuando yo era pequeña mi mamá me hizo un pastel de tres pisos.

—¿Cuándo tú eras pequeña? —pregunté haciendo una mueca.

—No, yo soy papá —dijo papi. Mordió un trozo de pescado y lo masticó ruidosamente.

Esa fue toda nuestra conversación durante la cena.

Después de la cena encontré a Pip en las escaleras del fondo. Estaba sentada mirando en sentido contrario, y cuando me oyó, me miró sobre el hombro y me dijo:

—I'm hungry.*

—Me lo suponía. Te traje esto. —Le mostré una lonja de piel de pescado. Ella la olió, la tocó con la nariz y luego la cogió delicadamente de la palma de mi mano. Mientras comía, le pasé la mano por su cálida piel.

* Tengo hambre.

17

Cuando terminó de comer dijo:

—This fish is very tasty.*

—Pip, ¿cómo aprendiste a hablar? —le pregunté—. Ándale, se buena amiga y dímelo. —Lo pensé por un momento y agregué—. Te voy a conseguir una lata de atún.

Pip miró hacia el cielo pensando si debería decírmelo. Luego, relamiéndose la boca, dijo que sí con la cabeza.

Me paré rápidamente y entré a la casa. Mami y papi estaban sentados en el sofá con la vista fija en la chimenea (que no estaba encendida). "¡Vaya!," pensé, "qué extraños son. Por lo menos podrían mirar la televisión como otros padres."

Saqué cuidadosamente el abrelatas del cajón y una lata de atún de la alacena y salí corriendo.

—Very well** —dijo Pip, y me siguió al-

* Este pescado está muy sabroso.
** Muy bien.

egremente, sin quitar la vista de la lata de atún hasta que llegamos al manzano.

En lo que trataba de abrir la lata de atún (no tengo buenos músculos y hasta ese entonces nunca había usado un abrelatas), Pip comenzó a contarme su historia.

Primero me contó que también pertenecía a otro amo. Esto como que me chocó un poco. En otras palabras, yo creí que ella era mi gata. Su otro amo vivía a la vuelta de la esquina en una casa pintada mitad de amarillo y mitad de azul.

—My other master is Mr. Medina.*

—Pues yo lo conozco —dije—. Es un poco... diferente.

—No, he's an intelligent person.**— Pip me lanzó una mirada muy severa, tan severa que tuve que desviar la vista—. Silence, please.***

Dejé que Pip continuara su historia. Me

* Mi otro amo es el señor Medina.
** No, el señor es una persona inteligente.
*** Silencio, por favor.

dijo que comenzó a ir a la casa del señor Medina cuando nosotros, papi, mami y yo, nos fuimos de vacaciones por dos semanas. Hablamos con un estudiante (mi papá es maestro de la escuela superior) para que cuidara de Pip, pero en realidad vino muy pocas veces. Y cuando venía todo lo que hacía era sentarse en la casa y escuchar el estéreo a todo volumen mientras regaba las plantas. Pero nunca le dio de comer a Pip. Esta maullaba, saltaba, se ponía patas arriba, arañaba los muebles, pero por alguna razón él nunca se preocupó por darle de comer, hasta que Pip dedujo porqué. Él no sabía que el alimento para gatos se hallaba dentro de la secadora. (Guardamos la comida allí porque si no, Pip comería hasta reventar).

Al cuarto día, Pip no se preocupó más por volver a la casa. Decidió escaparse porque estaba enojadísima con nosotros por dejarla en manos de un idiota como aquél. Cruzó la calle y atravesó un jardín hasta llegar al patio trasero del señor Medina en donde se puso a maullar tan fuerte y por tanto tiempo, que éste salió.

—¿*What's up, little white kitty?** —le preguntó amistosamente el señor Medina.

Pip describió cómo la alzó, le acarició la cabeza y la llevó para adentro, donde habían libros por todas partes: sobre la estufa, sobre el alféizar, apilados delante de las ventanas, bamboleándose cerca de las paredes torcidas.

El señor Medina era un hombre inteligente, que trataba de ser aún más inteligente con la lectura de 10,000 libros. Cuando Pip se apareció ese día, él leía el libro 8,239, así que ya era bastante inteligente. El señor Medina hablaba siete idiomas, uno cada día de la semana. Ese día, el martes, era su día de hablar inglés. El miércoles era italiano, el jueves, alemán, y así sucesivamente.

Pip estaba a punto de decirme cómo

---

* ¿ Qué pasa, gatita blanca?

aprendió inglés, cuando oímos a mamá que daba un fuerte portazo y me llamaba:

—Graciela, ve a buscar tu abrigo. Tenemos que salir.

Pip tuvo que parar de contarme (¡justo en la mejor parte!) cómo el señor Medina le ponía los audífonos por la noche, para que pudiera oír una estación de radio en inglés hasta la entrada de la mañana. Pip me dijo que las palabras se le quedaban en el cerebro como si tal cosa.

A pesar de que me hubiera gustado quedarme, fui con mamá y papá, quienes, para colmo, decidieron caminar hasta la heladería en vez de ir en coche. Fingí cojear para que papá fuera a buscar el coche, pero ninguno de mis papás se dio cuenta. En la heladería se me hizo agua la boca. Me encanta la nieve, especialmente la de sabor a fresa.

Mientras estábamos sentados en el banco de afuera de la heladería, noté que mis

padres se tomaban de la mano. "Qué gracioso", pensé. Son tan viejos y todavía les gusta esa clase de tonterías.

Pero cuando los miré más de cerca, me di cuenta de que sus manos chorreaban nieve. Un charco comenzaba a agrandarse en el suelo. Miré hacia arriba. Sus caras estaban llenas de nieve, ¡y mami tenía nieve hasta en las pestañas!

Cuando caminábamos de regreso a la casa (todavía iban tomados de la mano y ahora tenían nieve hasta en el cuello), decidí preguntarles si alguna vez habían oído de un gato que hablara.

—Seguro, me encantan los gatos —dijo mamá.

—A mí también, *baby** —intervino papá.

Sacudí la cabeza y me encogí de hombros. No me escuchaban. Insistí otra vez.

* mi'ja

—¿Ustedes saben si los científicos pueden enseñar a hablar a los animales?

—Sí, sería fantástico que pudieras convertirte en una científica, Graciela.

—Sí, así podrías ayudar al mundo.

"Gee,*" pensé, "no tiene caso." Miré hacia el cielo y moví la cabeza.

* chihuahua

CAPÍTULO
3

Cuando llegamos a nuestra cuadra, corrí a la casa dejando atrás a mis padres. Me fui para el jardín y allí encontré a Pip tomando agua en nuestro estanque.

Las dos nos acomodamos otra vez en nuestro escondite, debajo del manzano y Pip continuó su historia.

Noche tras noche, el señor Medina le ponía los audífonos en los oídos para que escuchara la radio en inglés. Después de un mes, había aprendido un montón. Al prin-

cipio le fue muy difícil poder hablar porque su lengua no estaba acostumbrada a formar palabras. El señor Medina la ayudó jalándole la lengua con mucho cuidado y estirándole la boca para que las palabras pudieran salir libremente. Éste fue el truco que usó el señor Medina para él aprender ruso.

Mami me llamó para que entrara. Me levanté, enganché el abrelatas en mi cinturón, lo cubrí con mi camisa para que ella no lo viera y entré en la casa seguida por Pip. Justo

cuando llegué a la cocina, se me cayó el abrelatas.

Mami lo recogió y exclamó:

—¡Qué bien, ahora podremos comer el postre!

—No, ya comimos el postre —dije.

—Pues, comeremos un poco más.

Así que comí un tazón de ensalada de frutas, me bañé y cuando mis padres no me
vieron, escondí a Pip en mi cama.

Cuando mami vino a darme el beso de las
buenas noches, Pip se quedó muy quiete-
cita. Mami me besó las dos mejillas y la
frente tres veces. Y justo cuando mami salía,
Pip dijo:

—Good night.*

Mami se volvió:

—¿Qué dijiste?

—Nada.

Encogió los hombros y se fue. Pip salió

* Buenas noches.

debajo de la manta y comenzó a caminar por mi pecho. Me sonreí y luego me reí muy fuerte.

Mami me aconsejó desde la sala:

—Mejor es que te duermas. Dormir es muy bueno para el cerebro. Lo hace crecer.

Pero yo no podía parar de reír. Pip caminaba y saltaba arriba de mis animalitos de peluche.

—Mejor te quedas quieta —dijo mami en un tono más serio.

—Sí, es mejor que te quedes quieta cuando duermes— dijo Ya-Saben-Quién.

Me desperté con Pip que olfateaba mi oreja y hurgaba en mi cuello. Me reí y me escurrí.

—¡Me estás haciendo cosquillas! —le dije mientras la apartaba. Me puse las zapatillas y me dirigí a la recámara de mis padres. Papá se hallaba durmiendo con la manta arrollada en sus pies; mami roncaba como un serrucho. "Fantástico," me dije. Cerré la puerta y

me dirigí a la cocina. Cuando abrí el refrigerador, Pip saltó de mi cama y se acercó corriendo para mirar lo que había dentro. Señaló una hamburguesa.

—Buena idea. —Saqué la hamburguesa de la nevera y la puse en el microondas.

—It's for me, right?*

Bajé la mirada hacia Pip. Se puso patas arriba y le acaricié la panza. En realidad yo pensaba comerme la hamburguesa (me encantan, especialmente por la mañana), pero decidí negociar.

—Está bien, te la dejo para ti, pero con la condición de que me cuentes más acerca de cómo aprendiste a hablar.

Pip se enderezó en un santiamén . . .

Mientras comíamos (yo comí cereal) Pip me contó cómo ella y el Sr. Medina le gastaban bromas al cartero y a los vendedores de puerta-a-puerta y a cualquiera que se acercara a la casa. Él se quedaba de pie en

___

* Es para mí, ¿verdad?

el portal con Pip acurrucada a sus pies diciendo cosas como "Hola, ¿cómo está?"

"¡Caramba, qué día más bonito! ¡Qué bueno, al fin llegó el libro!" Mientras decía estas frases cortas, Pip lo imitaba diciendo cosas como, "Hello, Mr. Mailman. How are you? It's a beautiful day, don't you think? At last you brought my book!"* La gente se quedaba asombrada. Miraban extrañados a su alrededor y no podían explicarse de dónde venía esa voz.

Le pedí a Pip que callara.

—Pip, quiero conocer al señor Medina.

Pip lo pensó por un largo rato.

—It's possible, but I want another can of tuna.**

—¡Trato hecho! —Nos dimos la mano, mejor dicho la pata, en fin, lo que fuera. Abrí otra lata de atún y mientras se la alcanzaba, oí a mami y papi que se levantaban.

---

* ¡Hola, señor cartero! ¿Cómo está?
Qué bonito está el día, ¿no le parece?
¡Al fin llegó mi libro!
** Es posible, pero quiero otra lata de atún.

Pip y yo nos escabullimos fuera de la casa tan rápido como pudimos, con la lata de atún.

—Graciela —oí decir a mi mamá—. Regresé a la casa.

—Graciela —dijo mi papá, restregándose los ojos adormilados.

—¿Desayunaste? —me preguntó mami mientras preparaba el agua para el café.

—Sí, Pip y yo... —comencé—. Quiero decir, sí, me comí la hamburguesa que había en el refrigerador.

—¿La hamburguesa? —preguntó mamá, con la cara fruncida.

—¿La hamburguesa? —repitió papá al tiempo que abría la sección de los deportes del periódico de la mañana y caminaba, soñoliento, hasta la mesa de la cocina.

Mientras mami freía el tocino, asomé la cabeza a la puerta trasera.

—Te veo dentro de un rato. Tengo que desayunar con ellos. —Pip levantó la vista de la lata de atún recién lamida—. Y mejor escondes esa lata —le dije. Pip la empujó con la nariz y la rodó hacia el manzano.

Durante el desayuno, traté de entablar conversación, pero mis padres ya estaban enfrascados en el periódico.

—Papi, Pip puede hablar.

—Me alegro que te guste leer.

—Mami, el señor Medina le enseñó inglés a Pip.

—Fantástico, llamaré a la mamá de Eva para que vayamos a nadar.

—Mami, papi, ustedes dos están locos.

—Tu papá y yo estamos muy contentos de que hayas hecho tu cama.

Cuando terminé de desayunar, me apuré para salir pero me pidieron que regresara y limpiara la mesa. Qué curioso. Mis padres nunca me prestan atención cuando les hablo, pero siempre se dan cuenta cuando estoy por hacer algo divertido y me encuentran tareas que hacer.

CAPÍTULO

4

Cuando terminé de limpiar la mesa, salí corriendo sin despedirme siquiera. Y sin perder tiempo, Pip alzó sus patitas a todo dar y me siguió camino a la casa del señor Medina. Él estaba en el jardín regando las flores.

—How *are* you?* —le pregunté con una sonrisa.

* ¿Cómo está usted?

—How *are you doing, little girl?** —me respondió. —Se veía un poco confundido. Primero miró a Pip y luego a mí—. *What's your name?***

—Graciela —le dije—. Yo vivo en la otra cuadra. —Señalé en dirección a mi casa—. ¿Ve dónde está aquel árbol bien alto? Bueno, yo no vivo *allí*, sino al lado.

Pip se encaramó sobre la cerca de estacas blancas.

—Señor Medina —dije—. Pip me contó toda la historia. En fin, que usted le enseñó a hablar. —Me volví hacia Pip—. ¿Verdad, Pip?

Pip maulló y se rascó el lomo contra las estacas.

—¿Verdad que sí? —le pregunté otra vez. Pip maulló dos veces.

—¡Ándale, dile la verdad al señor Medina!

* ¿Cómo te va, niña?
** ¿Cómo te llamas?

Pip maulló tres veces.

"¿Qué estará pasando?" me preguntaba.

—Ándale, Pip, déjate de juegos. ¡Di algo!

En ese mismo instante Juanita se acercó patinando. Ya me lo temía. Sabía que se haría la graciosa. Le ladró a Pip y gritó:

—¿Ya habla francés tu gato? —Hizo una mueca horrible sacando la lengua por el espacio entre sus dientes. Se rió y se alejó patinando.

No podía creerlo. Pip no hablaba y el señor Medina se hacía como que no la conocía.

—Tienes un gato muy bonito —dijo finalmente—. ¿Cómo se llama?

—¡ES UNA GATA! —casi grité—. ¡Usted sabe muy bien quién es! ¡Usted le enseñó a hablar!

—¿De veras, le enseñé? —Abrió los ojos sorprendido y se rió—. Si tú lo dices, así ha de ser. —Mientras se alejaba, murmuraba, "¡Un gato que habla!"

Observé cómo Pip se movía de un lado a otro por la cerca con lo que parecería una gran sonrisa en la cara.

—Pip, estoy muy enojada contigo —le dije.

Pip saltó de la cerca y cruzó corriendo la calle. Yo corrí hacia la casa, entré en mi recámara y me puse a llorar. Me sentí como una grandísima tonta.

Como era domingo, mami y papi decidieron dar un paseo hasta Monte Grande, el cual, si de verdad les interesa saber, no es nada grande. Yo me puedo trepar muy fácilmente. Papi también puede treparse, pero generalmente se engancha los pantalones, o se araña las manos, o se resbala hacia abajo mientras pide ayuda a gritos. Algunas veces los niños tienen que ayudarlo a levantarse.

El paseo dominical en coche me hizo sentir mejor. Me ayudó a olvidarme de Pip y de su tremendísima mentira. Pero de regreso a la casa, me puse a pensar y a pensar y a pensar en Pip. Parecía que nadie había oído hablar a Pip. A lo mejor yo me estaba volviendo loca. Pero todo lo que necesitaba hacer era sentarme a la mesa a cenar con mis padres para saber quién o quiénes estaban locos.

—Pip puede ser nuestra guía si vamos a Inglaterra —dije mientras hundía el tenedor en mi enchilada.

—Muy bien, ahora todo lo que tienes que hacer es recoger tu ropa después de cenar —dijo mami.

—Pip nos va a enseñar a tocar la guitarra eléctrica, como los Beatles —le dije a papi, quien tenía la cabeza vendada a causa del porrazo que se pegó en Monte Grande.

—¡Fantástico! A lo mejor alguno de tus amigos quiere ir a escalar con nosotros la semana próxima.

—Ustedes dos están locos —dije elevando la vista al cielo.

—Sí, vamos a tomar nieve esta noche —dijo mamá.

—Sí, nieve —dijo papá, mientras se le hacía agua la boca.

¿Qué se podía hacer con unos padres como estos?

Al día siguiente, lunes, fui rápidamente a la escuela con la esperanza de que Juanita no le hubiera contado nada a nadie. Pero no fue así. Unos muchachos que se hallaban cerca de las barras para trepar, empezaron a burlarse: "Miau, miau, miau".

Avergonzada, me fui corriendo a la clase y todo el día me lo pasé oyendo, "miau, miau, miau", dentro de mi cabeza. Luego, cuando ya faltaba poco para que terminara la clase, una avalancha de rabia comenzó a crecer dentro de mí. Empecé a pensar que Pip no era mi amiga. ¿Por qué me habría engañado así? El señor Medina no le había enseñado a hablar en inglés. Ella era una grandísima mentirosa.

Después de la escuela, me fui a la casa, me puse ropa para jugar y salí a buscar a Pip. Ella no había vuelto a casa la noche anterior.

Por suerte para ella, porque probablemente la hubiera ahorcado. Bueno, quizás no. Eso me hubiera hecho sentir peor.

Salí al portal y la llamé:

—Pip.

La busqué por el jardín, en el manzano y hasta debajo de la casa. Salí llena de polvo y estornudando. Mami se hallaba en el jardín y sacudía la ropa que estaba colgada. Ella cree que así se seca más rápido.

—Mami, ¿has visto a Pip? —pregunté.

—Sí, hace un tiempo precioso —contestó.

—No, mami, ¿HAS VISTO A PIP?

—Esta noche comeremos chuletas de cerdo.

¡Vaya, con mi madre! Me alejé, gritando: "Pip, *where are you?*"*

Me fui para el jardín de adelante y la busqué entre las matas. Sólo encontré caracoles que me miraban fijamente y encontré una

---

* ¿Dónde estás?

pelota que había perdido el invierno anterior.

—¡Pip! —grité—. Pip, ¿puedes oírme?

—Hi, my friend* —dijo una voz.

Me puse bizca fijando la vista en una mata
de camelia.

—¡Pip, sal de ahí! —le grité.

Ella estaba sentada en una rama alta, con
sus patitas juntas y sonriéndose.

Me trepé y le toqué firmemente la cabeza.

—¿Por qué te burlaste de mí de esta ma-
nera?

Pip me explicó que había sido mi culpa.
El señor Medina me hubiera explicado que
había enseñado a hablar a Pip, me lo hubiera
contado todo, si yo no hubiera abierto mi
boca grande en público. Alguien hubiera
podido escucharme y arruinar todo para el
señor Medina.

"Ah", me dije. Me sentí tan tonta. Un
gato que habla es algo muy raro. En realidad,

* Hola, mi amiga.

uno no puede andar con esos chismes de que tu mascota habla.

—Lo siento mucho, Pip —le dije mientras la acariciaba. Debería haberlo sabido.

—It's all right, little friend* —Pip ronroneó mientras se frotaba contra mi hombro.

Pip saltó hacia abajo y trotó en dirección a la casa del señor Medina. Yo la seguí, muy entusiasmada, esperando poder verlo. Él se hallaba sentado en el portal de la casa, con un vaso vacío de limonada a sus pies. Se levantó y me saludó.

—Ándale, muchacha. Come here**—me llamó—. ¿Tu nombre es Graciela, verdad? —Dudó por un momento y luego dijo—. Pip me contó acerca de ti. Right, Pip?***

—Yes. This little girl is my friend and I love her a lot.****

* Está bien, amiguita.
** Ven acá.
*** ¿Verdad, Pip?
**** Sí. Esta niñita es mi amiga y yo la quiero mucho.

No podía creerlo. Estaban hablando entre ellos. Me sentí extraña, como cuando me monté por primera vez en una rueda gigante. Parecía que todo giraba para un lado y luego para el otro.

—Ven, sentémonos en el portal. No quiero que nos escuchen.

Miré por encima de mi hombro. Una vecina regaba una franja de césped a lo largo de la acera. ¿Nos estaría mirando? Su cabeza, cubierta con un ridículo sombrero, estaba virada en nuestra dirección. Mientras subía apresuradamente los escalones, me di cuenta de que yo había visto antes a esa señora, ¡en mi propio jardín! Esa era la vecina metiche que se pasa el tiempo contando chismes y mentiras. Una vez, cuando teníamos fiesta hasta tuvo la osadía de espiar por encima de nuestra cerca.

El señor Medina conocía de sobra a la vecina curiosa. Ella había estado espiando a su casa por más de un año.

Después de un rato, nos levantamos y entramos a la casa.

Pip tenía razón. Había libros por todas partes, apilados en los rincones y balanceándose en pilas altas y bajitas en el medio de la sala. El polvo cubría todo como una sombra y una araña enorme, negra y espantosa descansaba sobre un globo terráqueo. Cuando empezó a moverse, me asusté muchísimo y me eché para atrás.

—¿Te gusta? —me preguntó el señor Medina. Se rió para sus adentros—. Se llama Pedro, y es una tarántula del desierto. Creo que podría decirse que es mi mascota.

—¿También puede hablar?

—Oh, no —dijo el señor Medina—. Su cerebro no está desarrollado como el tuyo o el mío o el de Pip. Pero puede hacer cosas que nosotros no podemos, como vivir sin agua por noventa días o envenenar un ratón y comérselo. Yo no podría hacer eso, ¿y tú?

—No, y me alegro mucho. Nunca podría comerme un ratón.

El señor Medina sonrió:

—Te lo comerías. . . si tuvieras bastante hambre. Sit down* —dijo, señalando una silla.

Me senté en una silla mullida, pero me levanté enseguida cuando me di cuenta que me había sentado sobre Pip, que se hallaba hecha un ovillo.

—Sorry**, Pip, no te vi.

—It doesn't matter*** —dijo levantando la cabeza. Le hizo un guiño al señor Medina y volvió a bajar la cabeza y comenzó a ronronear fuertemente, adentrándose en el mundo de los sueños.

—¿Por qué lee tanto? —le pregunté mientras tocaba un libro polvoriento.

—Quiero saber todo lo que hay que saber —me dijo—. Si llego a vivir hasta los cien años, quizás lo logre. —Señaló un libro que se hallaba sobre la mesa—. Estoy leyendo

* Siéntate.
** Lo siento.
*** No importa.

acerca de la astronomía azteca. ¡Fabuloso!

Me encaminé hacia la mesa y me disponía a sentarme en una de las sillas cuando el señor Medina me dijo:

—No, en esa silla no.

—¿Por qué? —le pregunté. Luego miré hacia abajo. Mi pelo, que es bastante largo y me llega hasta la cintura, casi se puso tieso cuando vi una serpiente que levantaba su cabeza en forma de diamante. Me miraba con sus ojos verdes y me mostraba su lengua roja y movediza. Di un grito y corrí a abrazar a Pip.

El señor Medina había agarrado la serpiente.

—Es inofensiva. La encontré durante un paseo en bote.

Sacudí la cabeza y dije:

—No me gustan las serpientes. —Pero cuando llegó la hora de irme, ya habían empezado a gustarme la serpiente, la tarántula, y hasta los ratones que vivían en Ratilandia, en hileras e hileras de casitas hechas con cajitas de fósforos. Algunos envases de cartón, para leche, servían de rascacielos donde trabajaban los ratones. Definitivamente, el señor Medina era una persona muy interesante.

Pero había llegado la hora de marcharme. Me fui sin Pip, que me prometió regresar antes del anochecer.

La señora que regaba el césped comenzó a reírse a carcajadas. Se quitó el sombrero y se frotó las cejas. Parecía una bruja, con un montón de verrugas en la barbilla, una nariz ganchuda y todo lo demás. "Ahora sí," pensé. Esta mujer va a chismorrear por todo el barrio que me vio salir corriendo de la casa del señor Medina. A lo mejor sabe que Pip puede hablar.

CAPÍTULO
5

Estaba muy asustada para pensar en las consecuencias. Corrí con todas mis fuerzas y me alegré mucho cuando vi mi casa y a mami en el jardín regando unas flores que estaban ya muertas desde el año anterior.

—Hola —le dije sin aliento. Me quedé pensativa por un momento. Debería contarle a mi mamá acerca del señor Medina. Es posible que esa bruja venga por la casa y le cuente un montón de mentiras acerca de él.

—Mami, a qué no adivinas a quién conocí hoy.

—Sí hace un tiempo hermoso este mes de abril —dijo—. Mira esas nubes, ¿no te recuerdan algo? —dijo, mientras señalaba una nube redonda, abultada.

Observé la nube que se movía muy lentamente, o quizás ni siquiera se movía.

—Me parece como cualquier otra nube —le dije finalmente.

—Ándale, usa tu imaginación, Graciela.

Miré otra vez hacia la nube. No podía adivinar a qué se parecía, pero para ponerla contenta, me aventuré a decir:

—¿Un camión viejo y destartalado?

—¡Exactamente! —gritó mami—. Qué quieres que te diga, nuestra familia es tan inteligente.

Se echó a reír y apuntó el chorro de agua hacia el cielo para formar un arco iris y mojarse toda.

—Correo para ti —canturreó mami en la cocina. Salí corriendo de mi recámara hacia la cocina, donde había un paquete envuelto en papel marrón sobre la mesa, lo cual me sorprendió mucho. Casi nunca me llega nada, excepto cuando recibo tarjetas de cumpleaños de parte de mis abuelos y de mis tíos y tías. Rompí el paquete y con gran sorpresa descubrí un libro llamado *Aprenda inglés fácilmente*.

—Mira, mami, es un libro en inglés.

—¡Qué bueno! —dijo mami—. ¡Estupendo!

Se acercó y le dio una mirada.

—Es precioso, ¿quién te lo mandó? ¿Abuelo?

El paquete no tenía remitente ni tampoco sellos de correo. Todo era tan raro. Cuanto más miraba el libro (estaba lleno de polvo), más pensaba que me lo había enviado el señor Medina. Seguro que lo dejó en nuestro buzón la noche anterior.

—No, me lo mandó el señor Medina —le dije. Pensé que era una buena oportunidad para contarle a mami acerca de él—. Lo conocí cuando Pip me llevó a su casa. ¡Mami, Pip sabe hablar en inglés!

—Ajá, Pip es una gata muy buena.

—Mami, no me estás escuchando.

—¿Qué te pasa, cariño? —me dijo, tocándome el hombro.

—*Te dije* que Pip puede hablar, que puede hablar en inglés.

Mami se me quedó mirando a los ojos por un largo rato y luego me dio una palmada suave en el brazo.

—Eres igual que tu papá. ¡Qué imaginación más maravillosa!

Elevé los ojos al cielo. —Ojalá tuviera un hermano —murmuré. Así podría hablar con alguien sensato de mi familia.

Una vez en mi recámara, me puse a pensar en el señor Medina. Me di cuenta de que era un hombre muy bueno, un poquito extraño, pero bueno al fin. ¿Qué importaba que tuviera mascotas extrañas? Una de mis mejores amigas tiene una serpiente como mascota. Así que, ¿hay algo de malo en que un adulto sea dueño de una serpiente?

—Pero, por qué será tan diferente —le dije a Delfi, mi animal de peluche favorito (es un delfín).

Delfi me miró y me dijo (yo tengo que hablar por él) —Eres una miedosa.

—No, no soy miedosa.

Delfi sacudió la cabeza y me regañó. —¡Sí que lo eres!

Delfi tenía razón. Debería regresar a casa del señor Medina. Tendría que averiguar más acerca de él. Parecía buena gente, ¿verdad?

—Está bien, iré —dije—. Pero tú vienes conmigo.

—No, no quiero ir —rogó Delfi—. Yo también tengo miedo.

Corrí de mi recámara para la sala llevando a Delfi y cuando ya estaba cerca de la puerta, mami me llamó.

—Si vas a jugar afuera, mejor no te vayas

muy lejos—. Mami estaba pelando papas en el fregadero de la cocina—. Esta noche cenaremos temprano.

Lo pensé por un momento apoyando un dedo en la barbilla y le dije:

—Está bien, solamente iré al jardín del frente.

Una vez afuera, me quité el suéter y lo colgué sobre un arbusto. Mami pensará que soy yo. De cualquier forma ella nunca se da cuenta de nada.

Corrí a casa del señor Medina y lo encontré en la entrada del garaje de su casa. Estaba arreglando su auto.

—Hola —le dije tímidamente.

—Hola, Graciela —me respondió mientras se limpiaba las manos con un trapo—. Me alegro que hayas regresado. Ven, entra a la casa por un ratito.

—Lamento haber salido corriendo, pero es que las serpientes me dan mucho miedo. Y muchas otras cosas también.

Pegué un salto cuando sentí que algo me rozaba las piernas. Miré hacia abajo y descubrí que era Pip. Me agaché y la acaricié.

—*How are you?* —me preguntó—. *How have you been?**

Pip ronroneó y me lamió la muñeca con su lengua áspera.

Los tres subimos las escaleras del portal, con Pip al frente, y pasamos a la sala. Todo estaba oscuro. Las cortinas estaban cerradas y solamente se colaba un rayito de luz polvoriento. Observé una cajita de cristal llena de insectos y dejé que la serpiente se enrollara en mi cuello.

—Usted sí que tiene cosas raras —le dije cuando me di cuenta de que había una cabeza de jabalí que colgaba de la pared. Él se rió y comenzó a desempolvar a Pedro, su tarántula, que levantó una pata para que le pasara el plumero.

Entonces me acordé del libro.

* ¿Cómo estás? ¿Cómo te ha ido?

—Usted me mandó el libro de inglés a la casa, ¿verdad?

—It's a little gift* —dijo—. Puede que te ayude a platicar mejor con Pip.

—Of course —dijo Pip—. In a month you're going to speak like a professor.**

—A lo mejor —dije— pero yo ya sé un montón de inglés.

—That's good —dijo el señor Medina mientras mudaba una pila de libros de un lado para el otro—. Tengo que empezar a preparar la cena.

—¡Un momento! —dije. Miré a mi alrededor para asegurarme de que nadie nos escuchaba—. Quisiera saber ¿cómo en realidad le enseñó a Pip a hablar inglés?

Me guiñó un ojo y le guiñó los dos a Pip, mientras jalaba su caja de herramientas hacia el portal.

---

* Es un regalito.
** Claro que sí. En un mes vas a hablar como un profesor.

—Es algo que tendrás que descubrir por tu propia cuenta.

—Bueno, Pip me dijo que usted le colocaba unos audífonos para que escuchara la radio en inglés.

—Si Pip te lo dijo, debe ser verdad. Le guiñó el ojo a Pip y ella hizo lo mismo.

—¿Y qué otra cosa hizo? —le pregunté enojada a Pip.

—*I can't tell you** —dijo Pip.

—*Why not?* —pregunté—. *Tell me, please.***

Pip corrió hacia la cerca, se trepó, miró hacia atrás y dijo:

—*Bye, friends. I'm going to my other house now.****

—¡Pip! —grité.

Pero ella había desaparecido. Me volví hacia el señor Medina. Estaba sentado en los escalones del portal desatándose las botas.

---

* No te puedo decir.
** ¿Por qué no? Díme, por favor.
*** Adiós, amigos. Ya me voy a mi otra casa.

—Graciela, Pip y yo tenemos un secreto. Es algo entre ella y yo únicamente. De veras, lo siento, pero así es como tiene que ser.

Se levantó con un quejido de cansancio.

—Y ahora quiero que mantengas este secreto. No puedes decirle una palabra a tus padres o a tus amigos de la escuela. Éste es *nuestro* secreto.

Bajé la vista. Pensé que debía sentirme herida, pero aunque parezca mentira, no lo estaba. Él tenía razón. ¿Porqué tenía Pip que revelar un secreto?

—Está bien —dije.

—Así me gusta. *Good night**, Graciela.

—Pero, señor Medina —le supliqué— ¿podría decirme por qué lee tanto?

Se volvió y me miró con una mirada cálida.

—No me preguntes más, Graciela. *Bye, girl.***

---

* Buenas noches.
** Adiós, chica.

CAPÍTULO
6

Tal como lo imaginé, mami no se dio cuenta. Tomé el suéter del arbusto y al entrar encontré que mamá todavía estaba pelando papas. Había una tremenda pila de papas.

—¿Qué hay de cenar? —pregunté.

—Ya verás —respondió.

Esa noche hubo pastel de papas, papas asadas, papas fritas, una ensalada de hojas verdes, leche para mí y vino para mis padres.

—¡Esto está delicioso! —exclamó papi—. ¿Qué es?

Mami se ruborizó:

—No puedo revelarlo, es un secreto de familia.

—Mami, ¿crees que un secreto es un secreto? —pregunté con cara muy seria. Pensé en el señor Medina.

—Así que a ti también te gustó la cena —dijo mami, agitando el tenedor. Luego se dirigió a papi—. ¿Sabes, querido? ¡Hoy Graciela recibió un libro de su abuelo! Es un libro para aprender alemán.

—No, mamá —le reclamé—. No me lo mandó abuelito sino el señor Medina, el que vive en la otra cuadra. ¡Y es un libro de inglés!

—Sí, del abuelo Medina —dijo mami.

Papá, que pelaba la cáscara de una papa preguntó:

—¿Quién es el abuelo Medina?

—Es tu padre, pedazo de alcornoque —le dijo mami riéndose.

Papi ahogó una carcajada en la servilleta.

*   *   *

Esa noche esperé a Pip, pero ella no regresó a la casa. Al día siguiente tuve que aguantarme las burlas de Juanita y su pandilla en el primer recreo pero al final del día me dejaron tranquila.

Cuando regresé a la casa encontré a mami en la cocina, picando tomates. "Ahora sí, —pensé— ¿qué estaría preparando esta vez?".

—Hola, mami —la saludé—. ¿Has visto a Pip?

—¿Pip? —Su cara se ensombreció mientras pensaba—. No, no la he visto.

No podía creerlo. Por primera vez en mucho tiempo recibía una respuesta directa a mi pregunta.

Me puse la ropa de jugar, tiré mi suéter sobre el arbusto, y salí corriendo para la casa del señor Medina. No podía creerlo. Allí se encontraba un equipo de gente de la televisión, trepando uno encima del otro, como las hormigas, con cables por todas partes y reporteros tomando fotografías. Un repor-

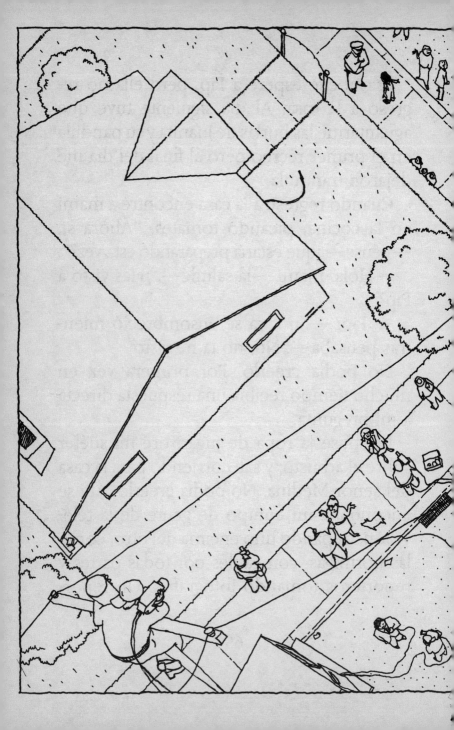

tero se había trepado al poste de teléfonos para poder ver mejor. El sombrero se le había caído y volaba por el aire.

Un policía jovial cuidaba la entrada de la casa del señor Medina.

Corrí y le pregunté:

—Hola, ¿qué es lo que pasa?

Bajó la mirada hacia mí. Su cara estaba roja y sudorosa.

—Me parece un poco raro, pero dicen que ese señor, ¿cómo es que se llamaba? ¿Medina? le enseñó a hablar a un gato. Es un verdadero disparate.

—¿Dijo usted *hablar*?

—Así es, hablar.

—¿Quiere usted decir HABLAR?

—¡Sí, HABLAR, HABLAR!

El policía se volteó y le gritó a un reportero que se había trepado a la cerca y apuntaba a la casa con su cámara.

El reportero perdió el equilibrio y se cayó entre unas matas. Tuvieron que ayudarlo a levantarse.

Cuando el policía fue a ayudarlo, me colé por los setos del costado y corrí al patio de atrás.

—Soy yo, señor Medina, Graciela —susurré mientras golpeaba con los nudillos.

Susurré y golpeé una y otra vez. Finalmente el señor Medina abrió la puerta para que pudiera pasar.

—Hola, pequeña —dijo en una voz grave y lastimera, mientras regresaba a la cocina.

¿Qué pasaba? ¿No se alegraba de verme? Se le veía triste. Entonces caí en cuenta. A lo mejor pensó que fui yo quien reveló el secreto y la que dijo a todo el mundo que Pip podía hablar.

Lo seguí hacia la sala donde nos sentamos en silencio.

Me sentía tan apenada. Decidí preguntarle al señor Medina:

—¿Usted cree que fui yo quien les dijo? —Señalé hacia la muchedumbre de afuera que se hacía cada vez más grande, cada vez gritaba más y trataba, ansiosamente, de colarse por el portal, para exigir información sobre la gata que hablaba.

—Yo sé que no fuiste tú —dijo. Se acarició el cabello y miró en dirección a la gente—. Fue la vieja de enfrente. ¿Te acuerdas, la que regaba el jardín?

Asentí con la cabeza. Ya me parecía que había sido ella.

—Fue ella la que le avisó a los periódicos acerca de Pip —dijo. Pensó por un momento y agregó:

—¿Por qué no dejarán vivir tranquila a la gente?

El señor Medina se dejó caer cansadamente en su sillón. Queriendo demostrar que yo era fuerte, me senté en la misma silla donde había estado la serpiente. Aguanté la respiración, rogando que no estuviera allí. Y gracias a Dios, no estaba.

—Sí —dijo el señor Medina—, ella me estuvo espiando por meses. —Volvió la cara hacia mí—. Sabes, Graciela, yo he viajado por todo el mundo y dondequiera que voy, ocurre la misma historia. A la gente le gusta hablar aunque no tenga nada que decir.

Bajé la vista hacia el piso y jugueteé con mis dedos. Levanté la cabeza y pregunté:

—¿Qué va a hacer ahora?

—No lo sé —dijo. (Ahora que recuerdo todo esto, estoy segura de que el señor Medina ya sabía lo que iba a hacer pero no me lo quiso decir).

Pip apareció en la sala. Se la veía triste.

—*Are you sad?** —le pregunté mientras saltaba sobre mi regazo y anidaba su barbilla debajo de la mía.

—Yes** —dijo.

La abracé muy fuerte y le dije:

—Pobrecito el señor Medina. Pobrecitos todos nosotros.

El señor Medina se levantó suspirando y me dijo que debería irme.

* ¿Estás triste?
** Sí.

—Tengo que vérmelas con toda esa gente. Les encanta el chisme, todo el mundo adora el chisme.

—Me da tanta pena —le dije—. Lo han echado todo a perder.

—Don't worry, Graciela,* todo se va a arreglar. Ya lo verás.

Me levanté despacito, me despedí con un apretón de manos. Trepé la cerca del fondo y me fui a mi casa. Pip me siguió por un rato, pero luego desapareció.

—Pip —la llamé—. Regresa, *please*.**

La llamé y la llamé hasta que se hizo casi de noche.

Esa noche comimos croquetas de tomate, tomates guisados, una ensalada verde que era más bien roja porque estaba llena de tomates y jugo de tomate (no pude tomarme el jugo).

—Cariño, eres un encanto —dijo papi con

* No te preocupes.
** Por favor.

la boca llena de tomate—. ¿Cómo haces todas estas cosas?

—Es un secreto de familia —dijo mami, sonrojándose. Agitó su tenedor donde había clavado un tomate. Papi la imitó con su tenedor haciendo como si dirigía una orquesta sinfónica.

Me sentí muy triste. Revolví la comida con el tenedor, pero no pude comérmela. Por lo menos el señor Medina me creía. ¿Verdad?

Esa noche me quedé viendo las noticias en la televisión y, por supuesto, hubo un segmento dedicado al señor Medina. Se veía un montón de gente delante de su casa, personas trepadas a la cerca y gritando que querían ver la gata que hablaba. Un reportero decía que la gata se llamaba Juanita y que hablaba ruso.

Le grité a la televisión, —No, tonto, ¡ése es el nombre de una de las chicas de la escuela! ¡Mi gata se llama Pip, y habla inglés!

Mami vino a la sala.

—¿Así que cantas con la radio? Pues vas a tener a que parar. ¡Llegó la hora del postre!

Me levanté y la seguí a la cocina. Me quedé mirando los dos palitos con nieve de tomate. Me fui a la cama sin comer postre y lloré tanto que me quedé dormida.

Al día siguiente, después de la escuela, corrí a la casa del señor Medina. Allí había un reportero arrodillado.

—¿Qué hace? — le pregunté.

Levantó la vista y me miró sorprendido.

—Busco el lente de mi cámara. Lo perdí ayer. ¡Qué gentío!

Miré hacia la casa del señor Medina.

—¿Está en la casa?

—¿En la casa? —preguntó mientras se levantaba. Ese hombre, Medina, se mudó. Se fue.

—¡Cómo qué se fue! —casi grité.

—Tal cual. Se fue. —Hizo un ademán con los dedos—. Se mudó anoche y se llevó su gata con él.

De repente me corrió un sudor frío por

la espalda. Comencé a temblar. Me cubrí la cara con las manos y comencé a llorar.

—Oye —preguntó el reportero—. ¿Qué te pasa?

Empecé a correr por la calle, sin dejar de pensar en el pobrecito el señor Medina. Él no había hecho nada malo. Era una buena persona. Decidí regresar cuando me puse a pensar en esa señora que le sopló la historia a los reporteros. Quería vengarme. Me hervía la sangre en las venas.

Ella regaba el jardín y sonreía para sus adentros. Me mordí los labios y apreté el puño. Crucé la calle, le arranqué la manguera y la mojé de arriba abajo.

—¡Bruja del diablo! —le grité—. Usted no sabe nada de lo que es guardar un secreto. Usted no es más que una vieja amargada y chismosa.

La mojé y le tiré un puñado de tierra a la cara. La tierra se convirtió en barro que se deslizó por sus mejillas como si fuesen horribles raíces.

CAPÍTULO
7

Esa noche, Pip no regresó a la casa. Tampoco regresó al día siguiente, ni esa semana, ni a la semana siguiente. Cada día corría a casa del señor Medina con la esperanza de encontrarlo leyendo en el portal, pero sólo había sombras y un montón de periódicos apilados.

Lloré mucho, me paseaba sollozando por la casa y no hablaba con nadie. Comencé a escribir un diario: MIS DÍAS SIN PIP. Llené las páginas en muy poco tiempo. Le pegué un rótulo blanco en la portada que decía: "Secretos. Prohibido leer. ¡Me refiero a ti!" y luego lo escondí en mi recámara.

Mis padres no ayudaron para nada. Estaban más locos que nunca.

Papi sabía que algo me pasaba y para alegrarme dijo:

—¿Qué tal si salimos a jugar a la pelota?

Nos pusimos a jugar en el jardín del frente con una pelota de tenis. El juego se puso tan aburrido que colgué mi suéter de una mata y me fui para la casa. Él tiraba la pelota y ésta rebotaba. Nunca lo vi tan contento.

Pero el mejor día de mi vida fue un sábado lluvioso. Me encontraba en mi recámara jugando a las damas conmigo misma cuando escuché un "miau, miau, miau". Me levanté de la cama y miré para afuera. Debajo de un árbol se hallaba una gata negra. Abrí la ventana y grité:

—Ven gatita, pobrecita.

La gatita se acercó corriendo a la ventana

y, después de dudarlo un poco, saltó y estiró sus patitas hacia mí.

La metí adentro, la sequé con mi bata y la arropé en la cama. Pegué mi nariz a la suya.

—Qué graciosa eres —le dije.

—Miau —me dijo— miau, miau, miau.

—¿Cómo te llamas?

—Miau.

La miré y pensé que se parecía a Pip, excepto que ella era negra y Pip era blanquita (bueno, un blanco medio sucio).

—Te pareces a una gatita que yo tenía —dije—. De verdad, te pareces mucho a ella.

La gatita negra se lamió la patita y luego levantó la vista hacia mí.

—Oui, *je suis Pip.**

Se me pusieron los pelos de punta.

—¿Dijiste que eres Pip, mi Pip?

—Oui, Graciela.

—¿Regresaste?

—Oui.

* Sí, soy yo. (francés)

77

No podía creerlo. Abrazé a mi nueva Pip, casi me puse a llorar y de repente me detuve:

—Pero, ¿por qué ahora eres negra, y cómo aprendiste el francés?

Pip cerró los ojos, sacudió la cabeza y dijo:

—*C'est un secret.**

—¿Un secreto? —pregunté. Le iba a preguntar a Pip cuál era el secreto, cuando me acordé del señor Medina. No tenía derecho a preguntar. Después de todo, un secreto es un secreto.

En ese momento entró mami con un sombrero lleno de frutas de plástico.

—¿Por qué usas ese sombrero? —pregunté.

—Porque es hora de comer, Graciela. —Se puso a reír y se tocó las rodillas con las dos manos—. Y para ti, Pip, tengo unas sobras de tomate.

Salió de mi recámara recordándome que me pusiera las medias antes de ir a la mesa.

* Es un secreto. (francés).

Pip y yo nos miramos y levantamos la vista al cielo.

—Ni siquiera se dio cuenta que cambiaste de color —dije—. Mami es tan rara. Y ni sabe que entiendes dos idiomas.

—Three —dijo Pip—. Four, five, six.*

—¡Seis idiomas! —grité, pero rápidamente me cubrí la boca.

—More,** —Pip me hizo un guiño.

—¿Más de seis? —Me di una palmada en la mejilla y mi boca se abrió de asombro. Mi querida gata era la más inteligente del mundo.

* Tres, cuatro, cinco, seis.
** Más.

GLOSSARY

All right! — ¡Órale!
Are you sad? — ¿Estás triste?
Come here. — Ven acá.
crazy — loca
Don't worry — No te preocupes.
fantastic — fantástico
gift — un regalo
Good-bye — adiós
Good night — buenas noches
Gossip — chisme
Hello — hola
House — casa
How are you? — ¿Cómo estás? ¿Cómo está usted?
How are you doing? — ¿Cómo te va?
How have you been? — ¿Cómo te ha ido?
I can't tell you. — No te puedo decir.
I don't know. — No sé.
I want more. — Quiero más.
I'm hungry. — Tengo hambre.
I'm sorry. — Perdón.
Isn't that true? — ¿Verdad?
It doesn't matter. — No importa.

81

It's a beautiful day. — Qué bonito está el día.
kitty — gatito
Let's go eat. — Vamos a comer.
look — mira
Mexican sausage — chorizo
more — más
my friend (girl) — mi amiga
newspaper — el periódico
of course — claro que sí
old lady — la vieja
pay attention — fíjate
party, celebration — fiesta
please — por favor
red snapper (a fish) — huachinango
Sit down. — Siéntate.
That's good. — Qué bueno.
Tell me — díme
three, four, five, six — tres, cuatro, cinco, seis
very well — muy bien
What a shame. — Qué lástima.
What did you say? — ¿Qué dices?
What's up? — ¿Qué tal?
What's your name? — ¿Cómo te llamas?
Where are you? — ¿Dónde estás?
Why not? — ¿Por qué no?
yes — sí
your grandfather — tu abuelo

SOBRE EL AUTOR

GARY SOTO ha recibido muchos elogios por los libros que ha escrito en inglés para jóvenes y adultos tales como *Summer on Wheels; Crazy Weekend; Local News; Living Up the Street;* y *Baseball in April.* Éste último traducido al español (*Béisbol en abril*).

El señor Soto ha producido tres películas de corto metraje para los niños hispanoparlantes: *The Bike; Novio Boy;* y *Pool Party,* que han sido premiadas, por su excelencia, por la Asociación de Bibliotecarios Americanos, con la *Medalla Andrew Carnegie*.

El señor Soto nació y creció en Fresno, California. En la actualidad reside en Berkeley y dedica todo su tiempo a escribir. Escribió esta fábula para Pipi, la gata de su hija, que en una ocasión dijo "Mamá" en lugar de "Miau".